À Noa et Manon,

*" Il n'y a qu'une seule chose qui rend un rêve impossible,
c'est la peur de l'échec. "*

Paulo Coelho

Couverture : Véronique Grasset et Thierry Petit le Brun

43, Impasse Moinet, Saint-Félix
97190 Le Gosier - Guadeloupe
e-mail : plbeditions@wanadoo.fr
www.plbeditions.com

Loi 49956 sur les publications destinées à la jeunesse
Dépôt légal : novembre 2019
ISBN : 978-2-35365-128-3
Impression : Imprimerie de Champagne - France

Floup
découvre la Guadeloupe

Histoire
Florence Guinodeau
Illustrations
Véronique Grasset

PLB
EDITIONS

Dans mon quartier, tout le monde me connaît.

Je suis un poussin courageux car je défie le dindon grincheux.
Pour faire le malin, je saute du haut des bottes de foin
et remplace ses granulés par des crottes de lapins.

Mais un beau jour, mon papa rentre du village
et propose qu'on déménage.
J'avais un peu peur de partir loin et quitter tous mes copains.
Mais on a quand même fait nos cartons
et dit au revoir aux voisins et à la maison.

On a mis nos affaires à bord d'un porte-conteneurs.
Longtemps, on a vogué sur l'océan,
jusqu'à notre rencontre avec un taxi-pélican.
J'étais en admiration pendant le survol de l'île papillon.

Voilà comment peu après ma sortie de coquille,
avec toute ma famille, me voilà aux Antilles.
On a posé nos valises près d'une église.

Notre poulailler a été remplacé
par une « kaz a poul » bien colorée.

Dans cet endroit inconnu, je suis un peu perdu.
Je me réveille dans la nuit noire et...
Oh! J'ai fait un cauchemar.

Maman me console tendrement et me dit que,
petit à petit, je vais m'habituer à ces changements.

Et puis...
comme en métropole,
j'ai repris le chemin de l'école.

De chez moi, je passe devant le restaurant du margouillat.
Aujourd'hui, ce sont des acras!

Ensuite, je continue vers une cabane.
Chut! C'est celle de l'iguane.
Je tourne au catalpa
où un racoon joue toujours du gwo-ka.

Arrivé à destination,
un colibri fait la circulation.

Mes nouveaux compagnons
ont le duvet souvent marron.

Sur la tête, des bouclettes
et des coiffures chouettes.

Ils caquettent en créole, c'est drôle !

Et avec nos uniformes vert bouteille,
on est presque tous pareils !

En classe, je m'assois à côté de « Canne à sucre »,
une belle cane aux reflets de nacre.

Elle ouvre le bec et demande « Sa kay*? ».
Avec 35 degrés dehors,
qu'est-ce que me raconte cette volaille ?

À la récréation, toute la cour est en ébullition.
On court, on saute, on piaille.
Blip ! Bouk ! Tchouk ! Ouille et aie aie aie !

* Comment ça va ?

A
B
C
D

Maître lamantin
nous enseigne la nage parmi les dauphins.

En mettant ma tête dans l'eau, j'ai vu une étoile
de mer et un lambi discuter dans les coraux.
J'ai replongé et j'ai aperçu
une tortue qui mangeait sa laitue.

Pour notre sortie scolaire, nous irons en pleine mer.
Le cachalot Kassav nous guidera jusqu'aux épaves.
La baleine nous racontera son histoire
et les aventures de son voyage migratoire.

Un peu plus loin, une tortue luth est en colère
car des déchets traînent en mer.
Elle nous explique qu'elle a manqué de s'étouffer
avec un sac plastique qu'elle a mangé.
Elle l'a confondu avec une méduse
dont elle se nourrit habituellement.

Voilà pourquoi il faut respecter l'environnement !

Samedi, à Pointe-à-Pitre, j'ai des odeurs plein le nez
en découvrant les épices sur les étals du marché.
Les passants choisissent avec soin
leurs ignames, piments et bananes plantain.

Les touristes dévalent
du bateau de croisière qui vient de faire escale.
La mangouste en madras, lançant des « doudou » par-ci
« doudou » par-là, propose ses ananas.
Maman part le panier plein !
Goyaves, maracujas et fruit à pain !

Je continue vers le marché aux poissons
où j'aperçois une dorade coryphène et un énorme thon.

Frégates et pélicans tournoient autour des marins
pour y dégoter leur festin.

D'ailleurs, pour moi aussi, c'est l'heure de déjeuner
et je ne me fais pas prier.
Je retrouve maman dans un ti-lolo bien situé
et savoure tranquillement un bébélé.

Dimanche, nous allons à la rivière Corossol.

Les feuilles des arbres sont tellement grandes
qu'elles me font un parasol.

Nous picorons notre déjeuner
et coquericotons sous un carbet.

Ça me plaît les balades !
De toutes les chutes et les cascades,
ma préférée est celle de la Lézarde.

Comme un coq, je suis fier
de grimper jusqu'à la Soufrière.

Et pour m'amuser, je choisis la plage de Bananier.
Avec ses grosses vagues,
ce n'est pas pour les poules mouillées.
Je construis un château de sable noir
pendant que papa et maman
font la sieste sur leur perchoir.

S'il n'y a pas de promenade,
direction la plage et la baignade.

C'est le bonheur
de pouvoir se rafraîchir avec cette chaleur !

Le plus compliqué est de se décider :
- sable noir ou doré ?
- mer d'huile ou agitée ?
- surfer ou se mettre à l'ombre d'un cocotier ?

Une chose est sûre, au goûter je sais ce que je vais manger
et quoi prendre pour me désaltérer.
Derrière sa camionnette,
le coupeur de coco joue de la machette,
madame Chatou tourne la manivelle de sa sorbetière
et me tend son délicieux sorbet coco légendaire.
Quel régal quand on a une petite fringale.

Waouh... La chance !
Voilà une course de voiles traditionnelles qui s'élance !
En avant toute...

Bientôt, ce seront les vacances de Carnaval
dans une ambiance musicale.
Il paraît que c'est vraiment la fête avec les déboulés
des groupes à « Po » et les costumes à paillettes.
Pendant plusieurs week-ends d'affilée,
la vie tourne autour des défilés.

Il y a du monde et des voitures partout
et nous ne trouvons pas de place du premier coup !
Pour ma première fois, je suis très impressionné
et je fais un peu ma poule mouillée !
Camouflé derrière maman,
je regarde attentivement les étranges déguisements.
Les danses endiablées et les visages maquillés
sont de toute beauté.
J'écoute les fouets claquer,
les tambours et les chachas résonner.

La fête se termine, on brûle Vaval,
le roi du carnaval.

J'ai écrit une carte postale
aux amis de mon village natal.
Quelquefois, ils me manquent,
surtout mon copain Franck.
Mais il a eu une super idée
et mon ancienne maîtresse a accepté.

Aujourd'hui, nos classes correspondent
c'est comme ça que j'ai su qu'elle allait bientôt pondre.

Maman avait raison. Je me plais dans cette maison.
Désormais, pour amuser mon entourage,
je fais le pitre sur la plage.
Avec mes nouveaux amis, on n'est pas toujours sage
et si on "goum*", c'est normal pour des "timoun**".

Quelques semaines ont suffi pour m'adapter
à cette nouvelle vie.
Maintenant, vous avez compris,
je ne veux plus partir d'ici !

* Goumé : se battre en créole guadeloupéen
** timoun : enfant en créole guadeloupéen